도넛을 나누는 기분

KB207983

시절
시집

도넛을

나누는

기분

김소형 김 현 민 구 박소란 박 준

서윤후 성다영 신미나 양안다 유계영

유병록 유희경 임경섭 임지은 전욱진

조온윤 최지은 최현우 한여진 황인찬

창비

시라는 거 잘 모르겠지만

시인도 편집자도 독자도, "시가 뭔지 모르겠어." 입을 모을 뿐이다. 그도 그럴 것이 "시가 뭔지 안다." 장담하는 순간, "시가 뭔데?" 질문받을 것이 분명하기 때문이다. 그러므로 일제히 "시가 뭔지 모르겠어." 고백할 뿐이며, 더러 고개를 젓고 한숨을 내쉬는 극적 포즈까지 아끼지 않는다. 나라고 다를까. 부끄럽고 괴롭다. 서른 해 넘게 시를 읽고 쓰고 심지어 시집 서점을 운영하는데도. 그러므로 시에 대한 모든 노력은 일종의 용기요 노력이라 해야 할 것이다.

역설적으로 모르겠고, 모르겠어서 부끄럽고 괴롭지만, 용기 내어 다가서게 하는 '시'의 매력이란 얼마나 대단한 것인가. 여태 헤어 나오지 못하고 전전긍긍 중인 사람들, 나를 포함해 시인들 편집자들 독자들, 시를 읽고 쓰고 아끼는 이들 누구나 매양 시를 나누려 든다. 시를 알고 싶어 하자, 부끄럽고 괴로운 일도 함께하면 누리게 될지 모른다고. 시에는 분명 그만한 가치가

담겨 있다고 말이다. 그렇지 않고서야 이렇게 열심일 수가 없다.

여기 시인 스무 명이 쓴 예순 편의 시가 있다. 이 시들은 초대이며 유혹이다. 운동장이고 그 위에 펼쳐진 온갖 상상이자 그로부터 비롯되는 기쁨이고 즐거움이다. 실은 고민이다. 극복해야 할 통증이고 극복할 수 있다는 희망이다. 시가 뭔지, 도대체 모르겠지만. 아니 시란 그저 '어울리는 일'일지도 모른다. 어쩌면 시는 다음에 이어질 말을 쓰는 일이다. 누군가와 공동체를 도모하는 일이며 진짜 솔직해지는 일이다. 시는 아무도 몰래 마련하는 사유지, 거기서 나만 보는 고양이일 수도 있다. 시는, 마음을 세어 보는 수만 가지 방법을 제안하는 일이고, 그 마음에서 졸업하는 일일 수도 있다. 그리고 시는, 등에 쓴 이름을 읽어 보는 일이거나 사랑받는 기분을 느끼게 하는 것일 수도 있다. 밤이 좋아지는 방법이거나 분홍의 세계에 빠져드는 일이라면 또 어떤가. 시는 기다렸다 같이 가기, 숲에서 숲으로 나아가는 마음. 시는 내일의 내일의 내일로 가거나 내 키를 훌쩍 넘은 내 마음의 크기를 헤아려 보는 일. 시는 그래서 옥상에서 보는 풍경, 처음 사랑을 느껴 보는 사람. 시는 쌀떡과 밀떡의 기분을 구분해 보려는 노력이고 모두가 있는 운동장에서 힘껏 고백을 외쳐 보는 마음. 그게 아니라 시란, 도넛을 나누는 기분이고……. 역시 잘 모르겠다.

(어쩌다) 스무 시인을 대표해 서문을 쓰게 된

유희경

차례

제1부

기쁨과
슬픔의
모양

김현

돌 옮겨 적기
띵동,
다음에 이어질 말을 쓰시오

2009년 『작가세계』 신인상을 받으며 작품 활동을 시작했다. 시집 『글로리홀』, 『입술을 열면』, 『슬픔의 미래』, 『호시절』, 『낮의 해변에서 혼자』, 『다 먹을 때쯤 영원의 머리가든 매운탕이 나온다』, 『장송행진곡』 등을 썼다.

돌 옮겨 적기

어느 시절
어떤 곳에 사는 사람들은
돌을 편지처럼 주고받았대*

마음이 가벼울 땐
작은 조약돌을
무거울 땐
그보단 조금 더 큰 돌멩이를

봉투도
우표도 없이
직접 우편배달부 되어

돌의 크기뿐만 아니라
돌의 모양이나 색

돌에 낀 이끼나
표면에 붙은 분홍 꽃잎

죽은 곤충의 투명한 날개 같은 것은
마음을 전하기에 퍽 아름답고 소중한 비유

나를 읽어 주세요

들리지 않는 목소리로
들리도록 말하기 위해
돌을 고르고 또 고르는 이의 모습을 상상하면
자연스레 시가 써지곤 해

너라면
그 돌들을 어떤 말로 옮겨 적을까?

나라면
만약에 내가 너에게 편지를 쓴다면

돌의 얼굴에 팬 보조개가 보이니?
나는 오늘도 너를 조금 보고 싶어 했단다

가을바람이 앉은 조약돌을 보내니 받아 주렴

* 강기원, 「돌 편지」, 『지느러미 달린 책』(문학동네, 2018) 참고

띵동,

마음에도
초인종이 있다면 좋을 텐데

비밀을 말하고 싶을 때 띵동,

문이 열리면
들어갔다 나왔다 가벼워질 텐데

문이 열리지 않아도
다음에 다시 와야지
하염없이 서 있을 필요가 없을 텐데

그 애가 띵동,
내 마음의 초인종을 누른다면

한 번은 문을 열고
한 번은 문을 열지 않을 텐데

그러면 그 애가 다시 오겠지
아니면 내가 가서 땡동,

우리 둘이라면
불안의 접시에 담긴 비밀을 나눠 먹고
접시쯤이야 쉬이 깨뜨릴 수 있을 텐데

누가 초인종을 누르면
이불을 뒤집어쓴 우리는
비밀의 세계에 오직 둘뿐인 듯
서로를 조용히 바라보며 있을 텐데

입술에도 땡동,
초인종이 있다면 좋겠다고 생각할 텐데

다음에 이어질 말을 쓰시오

아침 일찍 일어나 함박눈을 맞으며 걸었다
토끼처럼 노루처럼 개처럼 산이나 해변을 뛰어다니
면 좋을 텐데
아파트 단지 벗어나 도로 건너 복개천 따라 다리를
움직였다

눈이란 대단해

세상의 높음을 이토록 낮아지게 하다니
세상의 빠름을 이토록 느려지게 하다니

춤을 췄다
오랫동안 사용하지 않았던 두 어깨 속에, 팔다리 안
으로 음악이 울려 퍼졌다

슬픔은 흘러넘치고 기쁨은 흘러나오지
그래서 눈이 오면

인간이라는 동물은

　학창 시절에는 편지를 자주 썼다. 어렴풋한 기억이지만 돌을 편지 삼아 건네준 적도 있는 것 같다. 어디 돌뿐인가. 아카시아 이파리나 종이학, 카세트테이프나 바나나우유, 한 권의 책도 마음을 전하기에 좋은 일종의 편지였다. 구겨지지 않길 바라며 편지를 교과서나 문제집 사이에 끼워 놓고 등교하는 날엔 가벼운 발걸음으로 콧노래를 흥얼거렸다. 그 아침에는 누군가에게, 무언가에 또 다른 이름을 붙여 주었다. 그게 시인 줄은 몰랐다. 덕분에 천천히 어른이 되었다.

양안다

플레이리스트
일기 예보
공동체

2014년 『현대문학』 신인 추천을 통해 작품 활동을 시작했다. 시집 『작은 미래의 책』, 『백야의 소문으로 영원히』, 『세계의 끝에서 우리는』, 『숲의 소실점을 향해』, 『천사를 거부하는 우울한 연인에게』, 『몽상과 거울』 등을 썼다.

플레이리스트

그 애와 함께 있는 여름밤입니다 머지않아 우리는 각자의 집으로 가야겠지만 오늘은 이 밤이 나쁘지 않습니다 벤치에 앉아 이어폰을 나눠 낍니다 서로의 손등이 스칩니다 같은 노래를 듣습니다 눈을 마주치지 않습니다 나는 그 애의 왼편에 있는 것이 낯설지 않습니다 오늘부터 점점 더워지겠지? 응 벌써 여름이네 나는 나의 마음을 밝히지 않고 그 애는 어둠 속에 잠겨 있습니다 우리는 가끔 쉬운 말을 어렵게 돌려 말하는 것 같습니다 문득 무언가가 잘못되었다고 느끼는데 그게 무엇인지 모르겠습니다 다음 곡이 재생됩니다 나는 이 노래를 좋아한다고 말하지 않습니다 그 애는 이 노래를 좋아한다고 말합니다 어쩐지 늦었다는 생각입니다 우리는 같은 곡을 들으며 다른 마음으로 여름에 대해 생각합니다 나는 그 애와 가고 싶은 곳이 많았는데 모조리 잊어버립니다 이번 곡만 듣고 집에 갈까? 그래 그러자 벌써 어두워졌어 그러나 노래가 끝나자 같은 곡을 다시 재생합니다 나는 그 애에게 여름에 무슨 곡을 들을지 묻지 않습니다 곧 있으면 방학을 하겠지요 같은 곡이 다시 재

생됩니다 내년에는 내년의 여름이 올 것입니다 내년에
는 우리가 모르는 체하며 지나갈 수도 있습니다 같은
곡이 다시 재생됩니다 여름은 해가 길고 서로의 얼굴을
오래 볼 수 있습니다 우리가 다시 만날 수 있다면

일기 예보

친구는 온몸이 다 젖었다고 말했다
비를 피하려 무작정 들어간 도서관에서

친구의 턱 끝에서 흔들리는 빗물을 본다

창가에는
흠뻑 젖은 작은 고양이가 웅크리고 있었다 친구는
무릎을 꿇고 고양이를 쓰다듬었다

"얘가 이 창문을 발견해서 다행이야, 그렇지?"

먹구름은 무겁고 어지러운 형태였다 밝아질 기미가
보이지 않았다

우리는 공원에 가려 했던 건데
평소처럼 캐치볼을 하며 시시한 이야기나 주고받으
려 한 건데
그렇게

세상일에 대해 다 떠든 기분을 느끼고 난 뒤
집에 가려 한 건데

오늘 일기 예보에 비가 온다는 말은 없었다 창밖에
는 비 맞으며 뛰어가는 사람들이 많았다

"곧 비가 그칠 것 같아, 그렇지?"

친구가 고양이를 쓰다듬으며
나에게 동의를 구해서

"응, 조금만 기다려 보자."

고양이가 세상일을 잊은 채로 잠들 때까지 그렇게

공동체

어떤 일기는 쓰다가 울고
어떤 일기는 다 쓰고 나서 운다 오늘의 일기는 교실
에서 시작해서 교실에서 끝난다

수업 시간에 깜빡 졸다가 깨어났을 때
창문 앞에서 커튼이 흔들리고 있었다 꿈속에서 나는
해변을 걷다가 무언가를 건어찼는데

지난여름에는 바다에서 보고 들은 것이 많았다 친구
들의 고민이나 연애담을 들으며
기쁨과
슬픔의
모양에 대해 골몰했다

그러나 그것은 지난여름의 일이다
바다에 다녀온 뒤로 일주일 동안 열병에 시달렸지만
그 사실을 아무한테도 말하지 않았다

창문 앞에서
커튼이 흔들리고

이곳은 교실이구나
커튼이 물결치는 곳이구나

수업은 계속 진행되었다
친구들은 부지런히 노트에 무언가를 적고 있는데

내가 꿈에서 걷어찬 것이 무엇인지
아무도 묻지 않았다 그것이 이번 여름의 슬픔이었다

　저도 청소년이었던 적이 있지만 당연하게도 지금은 아닙니다. 그때를 생각해 보면 매 순간 꿈인 것처럼 느껴집니다. 미로 속을 걷는 사람은 그곳이 미로라는 걸 모르는 것처럼 청소년 시절의 저는 헤매고 있는 줄도 모른 채 헤매고 있었습니다.

　청소년시란 성장기 청소년의 삶의 갈피에서 길어 올린 생각과 느낌을 청소년의 목소리로 노래하는 시라고 합니다. 저의 시가 청소년의 목소리인지 모르겠습니다. 다만 저는 청소년 시절의 저를 이해하려고 썼습니다. 굳이 위로하려고 하지는 않았습니다. 청소년시를 쓰고 나니 현재의 제가 위로를 받았기 때문입니다.

유병록

지금 그럴 때가 아니다
속으로는
진짜 솔직히

2010년 『동아일보』 신춘문예에 당선되며 작품 활동을 시작했다. 시집 『목숨이 두근거릴 때마다』, 『아무 다짐도 하지 않기로 해요』 등을 썼다.

지금 그럴 때가 아니다

한 달 용돈 적은 거
별거 아니다

시험 성적 떨어진 거
아무것도 아니다

선생님한테 억울하게 혼난 거
부모님 자꾸 싸우는 거
얼굴 여기저기 여드름 난 거
신경 쓸 겨를 없다

내 나이 곧
어엿한 스물

어떻게 해야
세계 평화가 이루어질까
지구가 아름다워질까
생각하기에도 바쁘다

사람들이 나를 이상하게 보는 거
걱정할 때 아니다

나 지금 진지하다
농담 아니다
지금 농담할 때 아니다

속으로는

통통한 친구가
오늘부터 다이어트를 한다고 하길래
성공할 수 있을 거라고 응원하면서
속으로 생각했다
뭐, 며칠 하다가 말겠지

나보다 공부 못하는 친구가
열심히 공부하기로 마음먹었다길래
모르는 거 있으면 물어보라면서
속으로 생각했다
글쎄, 며칠이나 가겠어

툭하면 성질내는 친구가
앞으로 착하게 살기로 다짐했다길래
멋지다고 엄지손가락을 들면서
속으로 생각했다
과연, 그게 가능하려나

역시 며칠 안 되어 모두 망했다
괜찮다고 친구들 어깨를 쓰다듬으면서
그럼 그렇지,
속으로 생각하다가

아무리 그래도
진심으로 응원하는 게 친구지
오늘부터 진짜 친구가 되어야지 다짐하면서
속으로 생각했다
안 되겠지? 아마 안 될 거야

진짜 솔직히

떡볶이 먹을 때
애들이 안 매운 게 좋다고 해서
나도 그렇다고 했다
사실은 매운 거 좋아하는데

학년 올라가면서
다른 반으로 갈라진 애랑 만났을 때
잘 지내냐고 물어서
그냥 별일 없다고 했다
사실은 눈물이 나올 것만 같았는데

상을 받아서
반 친구들이 대단하다고 축하해 줄 때
별거 아니라고
운이 좋았을 뿐이라고 했다
사실은 엄청 자랑하고 싶었는데

솔직하게 이야기하면 안 될 거 같아서

꾹 참았다

다들 솔직해야 한다는데
그래도 될지
진짜 솔직히 모르겠다

청소년 시기를 돌아보면, 나는 즐거웠다. 가끔 괴로운 일
도 없지 않았다. 하지만 신나는 일이 훨씬 많았다. 웃는 일이
정말 많았다. 누군가는 내가 과거를 미화한다고 할지도 모
르겠다. 함부로 넘겨짚지 마라. 정말로 즐거웠으니까. 누군
가는 쓸데없이 솔직하다고 할지도 모르겠다. 글쎄, 사실대로
말하지 못할 이유는 없다. 청소년 시기는 꼭 지옥 같아야 하
나? 고정 관념 아닌가? 다시 말하지만 나는 정말 즐겁게 보
냈다. 그렇다, 운이 좋았다. 감사한 일이다. 다만, 내가 즐거
웠다고 솔직하게 말하는 것처럼, 누군가는 그때 괴로웠다고
솔직하게 말할 수 있으면 좋겠다. 그래서 하루라도 괴로운
시간이 줄어들면 좋겠다. 빨리 즐거워지면 좋겠다. 즐거워지
는 것이 불가능하다고 미리 포기하지 않았으면 좋겠다.

조온윤

2019년 『문화일보』 신춘문예에 당선되며 작품 활동을 시작했다. 시집 『햇볕 쬐기』를 썼다.

열쇠의 집

열쇠를 잃어버리면 들어갈 수 없는 집
이 집의 주인인 열쇠가 올 때까지
복도와 계단을 서성이고 있어

현관에 붙은 일수, 달돈, 대출, 보장
어른들의 별명이 가득한 전단지로 비행기를 접고
모르는 이름이 낙서된 벽에 대답을 적어 놓고
복도의 끝에서 끝까지
내 걸음을 세어 보기도 하면서

엘리베이터가 열릴 때 이곳은 잠시 환해져
낯선 듯 낯익은 사람들이 나를 무심하게 지나쳐
서로 다른 문으로 들어가고 있어

내가 아는 숫자까지 걸음을 세고 또 세어 봐도
열쇠가 오지 않으면 어떡하지?
복도에 갇혀 쓸쓸히 녹슬어 가는 자전거처럼
실은 내가 바깥이라는 슬픔에 갇힌 거라면?

우리 집이 바깥이 아니라
안쪽에서 열리는 집이라면 좋겠어
열쇠가 아니라 사람이 사는 집이라면
다녀왔어요, 말하면 어서 와, 대답이 들려오는
기다림을 바깥에 세워 두지 않는 집이라면

두드릴 수 있는 문이 있다면 좋겠어
불 꺼진 복도에 우두커니 앉아 있을 때
나의 슬픔이 철컥이는 열쇠인 것처럼
들어와, 여기서 기다리렴
환하게 열리는 문이 있다면

도서부의 즐거움

말하지 않아도 돼
여기서는 누구도 너의 조용함이 지나치다고
나무라지 않을 거거든

우리는 각자의 반에서 가장 말이 없고
풍경이 되기보다 풍경을 지켜보길 좋아하는
도서관의 도서부원들

도서부의 즐거움이란
입을 다문 책들이 가지런히 꽂힌 서가를 지나며
네게만 들려주는 비밀을 고를 수 있다는 것

한 권의 책이 입을 열어
열 개의 이야기를 듣게 되면
백 사람의 마음을 헤아릴 수 있다는 것

우리는 각자의 반에서 가장 말이 없지만
누구보다 빼곡한 문장이 머릿속에 출렁이고 있지

어디서든 생각에 잠겨 그 속을 유영할 수 있지

뒷자리의 누군가가 네 등을 두드리며
무슨 생각 해? 하고 물어 온다면

한 권의 근사한 책처럼
닫혀 있던 마음을 펼쳐
네가 가진 이야기를 들려줄 수도 있겠지

사유지

발 디디는 모든 곳에 주인이 있어
공사가 멈춘 공사장에도
고라니가 튀어나오는 뒷산에도
오래전부터 버려진 공터에도

내가 태어나기 전부터 갈 수 있는 곳과
갈 수 없는 곳이 정해져 있어
뾰족한 울타리와 철책으로
안 보이는 선분과 접근 금지! 팻말로

나는 누구의 것도 아닌 것 같은
경계석을 밟으며 집으로 가
잘못 밟으면 죽는 놀이를 하면서 가
담장과 주고받다 담장 너머로 날아간 공은
아직 돌려받지 못했어

그곳의 주인을 본 적 없거든
출입을 허락받을 수 없거든

겨울에 눈이 쌓여도 쓸지 않는 그곳을 보며
때로 궁금증이 생기곤 해

세상이 사유지라면
쌓인 눈의 주인은 누굴까?

경계 없는 하늘로부터 내려와
지상의 모든 경계를 지워 주는
이 눈의 주인은

한 번도 나타난 적 없다 해도
이곳을 공터처럼 버려두었다 해도

눈을 가져다 뭉치기 전에
눈사람의 영혼이 결백하도록
마음속으로 물어야겠지

실례합니다

이곳에 쌓인 눈을

제가 가져다 써도 될까요?

학창 시절에 내가 가장 좋아했던 시간은 놀랍게도 시험을 치는 날, 정확히 말하면 시험지를 일찍 풀고 책상에 엎드려 눈을 감고 있던 그 짧은 고요의 시간이었다. 사각거리는 연필 소리밖에 들리지 않는 정적 속에서 누구의 방해도 없이 공상에 잠길 수 있던 그때. 책상 위에 팔을 포개 만든 동그란 우물에 얼굴을 담그고 이곳과는 다른 곳에서 눈을 뜨곤 했다. 몸은 교실 안에 붙박여 있을지언정 정신은 어디로든 갈 수 있었으니까.

나만의 다른 곳을 짓기 위한 재료는 주로 책과 만화에서 얻어 왔다. 그들이 쓴 수기와 모험담, 먼 미래의 세계는 내 머릿속에서 새로운 이야기로 재조립되었다. 그때의 버릇을 고치지 못하고 흘러 흘러 나도 쓰는 사람이 되었다. 세상이 버려진 사유지 같다거나 사람이 아닌 열쇠가 집의 주인 같다는 상상은 아마도 우물의 시간으로부터 길어 올린 것일 테다. 괜찮은 재료일는지 모르겠지만, 필요한 이가 있다면 자신의 세상을 짓는 데 마음껏 사용해 주면 좋겠다.

유계영

거북의 세계
나만 보는 고양이
말할 수 없는 슬픔

2010년 『현대문학』 신인 추천을 통해 작품 활동을 시작했다. 시집 『온갖 것들의 낮』, 『이제는 순수를 말할 수 있을 것 같다』, 『이런 얘기는 좀 어지러운가』, 『지금부터는 나의 입장』 등을 썼다.

거북의 세계

철물점 앞 작은 어항에 거북 세 마리가 산다

좁고
녹조가 잔뜩 끼어 유리는 부옇게
한여름 땡볕 아래 지글지글 놓여 있다

저게 거북의 온 세상이라니
믿을 수 없다고 생각하다가

거북들 빠끔히 고개를 내놓고 열심히 헤엄치는 걸
본다

앞을 밀며
앞을 밀며

나아가고 있다고 믿는 것 같다
나갈 수 있다고 믿는 것 같다

눈을 감고
깊은 바닷속 장수거북을 떠올린다

바다는 끝이 없으니까
백 년 동안

앞을 밀며
앞을 밀며

나아가도 제자리

안도 밖도 없이

나는 교실의 벽을 밀어 보았다
앞은 열리지 않고

등 뒤에서 친구가 웃음을 터뜨린다
또 무슨 시답잖은 생각에 잠겨 있는 거냐고

나만 보는 고양이

여기 왜 그래? 팔목을 가리키며 네가 묻는다

우리 고양이가 할퀴었어, 대답하면
언제 한번 너희 집에 놀러 가도 되냐고 한다

우리 고양이는 예민해서
손님이 오면 꼭꼭 숨기 때문에 보여 주기 힘든데

우리 고양이는 나만 보는데

이름과 나이
털의 빛깔
네가 나의 고양이에 대해
너무 많은 것을 물어 와서

너무 많은 잘못을 저지르게 되었다

정말 귀엽겠다!

말하는 너의 눈동자가 맑아서
눈동자에 잠깐 비쳤다가 후다닥 숨어 버리는

투명한 나의 고양이를 보여 주게 된다면
너는 어떤 표정을 보일까

하복은 절대 입지 않는 애
사나운 고양이를 키우는 애

그렇게 남는 편이 나았다

말할 수 없는 슬픔

죽은 나를 담을 수 있을 만큼
커다란 쓰레기봉투는 없으면서
죽은 햄스터를 담을 만한 쓰레기봉투는 흔하다는 게

이상하다
나만 이상하다고 생각하는 게

쓰레기봉투에 담을 수 있는
쓰레기란 무엇인가
그건 더 생각해 봐야겠고

죽음이란 무엇인가
이건 더 시간이 걸릴 거 같아서

새벽에 몰래 화단을 팠다
깊지 않으면 고양이가 물어 간다고 해서
깊게 더 깊게 팠다

머릿속의 생각들이 먼지처럼 나풀나풀 일어나
잠이 오지 않을 때
엄마의 두툼한 넓적다리가 내 몸을 눌러 주면
눈꺼풀이 슬슬 무거워지던 것이 떠올라서

흙을 덮어 주고
큰 돌을 찾아 올려 주었다

잘 자
작은 친구야
인사하고 돌아왔다

가위바위보는 맨날 진다
친구들이 나에게 자기 책가방을 걸어 주고
저만치 먼저 간다

등에 하나
배에 하나

왼쪽 어깨에 하나
오른쪽 어깨에 하나

나는 그냥 주저앉아 본다
작은 점처럼

마침표를 자세히 들여다보면
돌 하나가 보인다
아래 무엇이 잠들어 있다고
겨우 이해하게 된다

　하나, 둘, 셋, 넷, 사슴벌레 딱딱한 껍데기처럼 엎드린 애,
여섯, 일곱, 여덟, 창틀에 걸터앉아 흔들리는 다리, 열, 열하
나, 빈자리, 하나, 둘, 빈자리, 하나, 둘, 사물함 위에 선분처럼
누운 애, 사물함 안에 들어가고 싶은 애, 웃는 애, 다섯, 여섯,
웃다가 아프다고 그만 그만 하는 애, 일곱, 여덟, 아홉, 넘어
진 자리, 작은 어둠, 작은 빛, 하나, 둘, 하나, 둘, 무조건 웃기
만 하는 애
　검은건반 누르면 스르르 잠 오는 소리
　흰건반 누르면 호기심 반짝 눈 뜨는 소리

　앞문에 달린 작은 창에 붙어 교실을 들여다보는데
　이상한 음악에 사로잡혀 들어갈 수가 없었다

서윤후

하나를 세어 보는 수만 가지 방법
새장과 어항
마음은 어디에서 왔는지

2009년 『현대시』 신인 추천을 통해 작품 활동을 시작했다.
시집 『어느 누구의 모든 동생』, 『휴가저택』, 『소소소小小
小』, 『무한한 밤 홀로 미러볼 켜네』 등을 썼다.

하나를 세어 보는 수만 가지 방법

빗방울은 모두 몇 개지?

우산을 나눠 쓰던 네가 묻는다
모른다는 말은
너무나 큰 먹구름일 테니까
단 하나야
셀 수 없는 건 모두 단 하나뿐이라고 말한다

우산이 비틀거릴 때마다
누군가의 한쪽이 더 젖어 간다
가운데로 와 더 가운데로

멀리서 우리는 하나처럼 보였을지도 모른다

그럼 슬픔도 하나인 걸까
하나밖에 없는데도 너무 커다랗고 많은 것
빗방울처럼 맺히지 않는 곳 없이 내려서
그러다 기척도 없이 얼룩이 되는 일을

우리는 알 수 없어서
비가 그친 줄 모르고 우산을 함께 쓰고 걷는다
이 모퉁이만 지나면
집에 가는 길이 나뉘니까

하나는 쪼개지면 겨우 다시 하나가 된다
조금 더 큰 하나의 어깨 쪽으로
우산을 밀어 준다

화창한 가운데 젖은 자리를
다독이는

햇빛 쏟아지는

새장과 어항

세상에는 두 부류의 사람이 있대
새를 기르는 사람과 물고기를 키우는 사람
그렇다면 너는?

우리는 하늘과 바다 그 사이의 평지를
험준하게 걸어가는 사람들
어항이 출렁거려 넘치지 않게
새장이 쏟아져 문 열리지 않게

그렇게 조심히 걸어 나가는 게 삶이래

그동안 잃어버린 새와 물고기는
모두 어디에 모여 살고 있는지
그곳의 도로명 주소는 내 이름이 아닌지

하늘을 모두 읽을 수가 없어서
새장을 여는 사람이 되고 싶어

바다를 모두 받아 적을 수가 없어서
어항을 쏟는 사람이 되고 싶어

나 대신 살아가는 말들이 있어서
종이를 펼쳐 편지를 쓴다

둥지를 떠난 하늘에게
도착한 적 없는 바다에게

넘어지지 않고 걷는 너에게

마음은 어디에서 왔는지

마음이 어디에 있는지 알아 오는 숙제가 있었다. 선생님은 정말 몰라서 묻는 걸까?

인도네시아 사람들은 마음이 간에 있다고 믿는대. 현지 가이드 아만다가 말해 줬는데 이유는 알아듣지 못했다. 그때 기념품에 정신이 팔려 있었기 때문에. 야자수 껍질로 만든 필통을 만지다 네 생각이 났는데 이런 게 정말 마음인 걸까?

집에 놀러 온 조카에게 물어본 적 있었다. 해수야, 마음이 어디에 있는지 알아? 망설이다 작은 두 손을 가슴에 얹으며 가리켰다. 심장이 거기에 있는 줄도 모르면서……

대문자 T라고 소문난 친구가 마음이란 뇌에 있다고 큰소리치면서 뇌 과학 연구가 어쩌고저쩌고 말할 때 알아, 하고 듣는 시늉 하며 하품하는 순간 깨달았지. 마음은 몸 안에서 떠도는 거라 어디에 있는지 알 수 없다고.

하굣길 친구들 가방에 매달려 흔들리는 키링들

모두 눈 코 입을 찾은 마음

저마다 반짝이는 지비츠를 샌들에 달아 놓고 물웅덩
이를 뛰어 들어가는 마음

비가 잔뜩 들어 있는 구름처럼 무거워지는 날엔 엎
드려 잠만 자고 싶고 구름 한 점 없이 맑게 개면 높은
계단도 두 칸씩 뛰어 내려오는 일

그러나 마음이 있어서 정말 귀찮아. 마음대로 되지
않으니.

오늘은 온종일 내가 계속 술래였다.

귀여운 스티커를 어디에 어떻게 붙일지…… 그런 궁리를 하는 게 나는 인생이라고 생각해요. 어떤 키링을 가방에 걸고, 어떤 지비츠를 크록스에 매달 건지 정하는 일로 삶에게 별명을 불러 줄 수도 있다고 믿으면서요. 그러나 가끔은, 아주 가끔은 보이지 않는 곳에서 커다란 일이 시작되고, 보이지 않는 것에 가닿으려고 노력하게 돼요. 그때 인생에도 무늬가 생기고는 하죠. 보이지도 않는 주제에 없다고 말할 수는 없어서 그것을 증명하기 위해 열심히, 아주 열심히 살아가는 바보 같은 일 또한 삶의 한 부분이니까요. 나는 시를 그렇게 써 왔어요. 볼 수 없는 것을 함께 돌아보자는 약속처럼요.

그러니까 당신이 이 시를 읽어 주었으면 좋겠어요. 이 시도 당신을 읽어 줄 테니까요.

민구

엄마를 이겼다
키스
졸업

2009년 『조선일보』 신춘문예에 당선되며 작품 활동을 시작했다. 시집 『배가 산으로 간다』, 『당신이 오려면 여름이 필요해』, 『세모 네모 청설모』 등을 썼다.

엄마를 이겼다

엄마를 이겼다

총이나 칼이 아닌 말로 이겼다
손이나 발이 아닌 입으로 눌렀다

코피가 멎지 않는 사람처럼
엄마 얼굴이 벌게진 채 운다

둘 중 하나가 피해야 끝나는 싸움

나는 무릎을 털고 학교를 가다가
내 말에 뼈가 있었는지 생각한다

생선 가시는 잘도 먹던데
내 말을 삼키지는 못하나 보다

멍하니 횡단보도를 건널 때
신호등에 빨간불이 들어올 때

전깃줄에 앉은 참새가 날아갈 때도
훌쩍이던 뒷모습이 생각난다

엄마를 이겼다
이겼는데 이긴 것 같지 않다

지고 싶지 않았는데
이미 나는 진 것 같다

엄마가 이겼다

키스

해 봤어?

나는 깜짝 놀랐다
나한테 물어본 것도 아닌데
입술에 부드러운 게 스친 것 같았다

키스를 하려면 입안에서
좋은 향기가 나야 할 것 같다
입냄새 제거용 가글을 한 다음
거울 속의 나와 입 맞추는 연습을 한다

나는 키스를 못 해 봤지만
절대 서두르면 안 된다고 한다

아끼는 사탕을 녹이듯이
내 이름을 불러 준 신에게
수줍은 손을 내밀듯이

나 어제 키스했어

갑자기 화가 난다
네가 나를 찬 것도 아닌데
등 뒤에서 들리는 청천벽력 같은 소리

입술이 파르르 떨린다

졸업

평소 말도 없고
인사는 받는 둥 마는 둥

데스메탈 같은
이상한 음악이나 듣던 애

인간을 증오하는 걸까
악마를 숭배하는 걸까

나와 비슷해서 말 걸어 보려 했는데
무슨 일로 먼저 하늘나라에 갔나

그런데 너 교실에 있는 것 같다
너무 조용해서 몰랐네

합동 분향소에서 너희 어머니를 봤어
처음 보는 아줌마가 내 손을 붙잡고 우니까
우리 엄마 보는 것 같아서

나도 많이 울었어

눈 내린 운동장에 찍힌 발자국
새하얀 이어폰을 끼고
고개를 끄덕이는 겨울나무

해가 바뀌고 학년이 올라가도
네가 살아 있는 것 같다

자리가 비어 있는데
돌아보는 친구들

야, 그만 일어나
우리 졸업했어

　　지나간 청소년기가 잘 떠오르지 않는다. 물에 뜬 나뭇조 각처럼 생각 없이 떠밀려 와서 이대로 미숙한 어른이 되어 버렸다. 그때 나를 더 사랑했더라면 어땠을까? 청소년시를 쓰면서 나와 조금 친해진 기분이 들었고 아무도 관심 없는 이야기를 누군가 들어 주는 것 같아서 위로가 됐다. 아이들 의 이야기에 귀 기울이고, 시를 읽어 주는 어른이 더 많아졌 으면 좋겠다.

제2부

그냥
새처럼 걸었고
그게 좋았다

황인찬

새가 되는 꿈
조퇴하는 날
등에 쓴 이름

2010년 『현대문학』 신인 추천을 통해 작품 활동을 시작했다. 시집 『구관조 씻기기』, 『희지의 세계』, 『사랑을 위한 되풀이』, 『여기까지가 미래입니다』, 『이걸 내 마음이라고 하자』 등을 썼다.

새가 되는 꿈

너는 왜 그렇게 이상하게 걸어?
친구가 물어봤을 때 어떻게 답해야 할지 몰랐다

그냥 걸은 건데
어쩌라는 건지

그래서 나는 새가 되어서 날아가기로 했다

올려다보는 애들을 지나
네모난 학교와 지루한 동네를 지나
아주 자유로웠다

공중에선 걸음걸이로 무슨 말을 들을 일이 없었지
다른 새들이 먼저 와서 날고 있었고
그 애들과 까루룩 놀다 보니 금세 밤이었다

누구랑 놀다 왔어?
엄마가 물어봤는데 어떻게 답해야 할지 몰라서

꺄루룩,이라고만 답했다

어른이 되어 간다는 건
비밀이 늘어난다는 뜻이군

하지만 엄마에게
이제 나는 새예요, 그렇게 말할 수는 없었으니까

다음 날 학교에 가서는 그냥 걸었다
마음대로 걸었다

그냥 새처럼 걸었고
그게 좋았다

조퇴하는 날

집에 돌아오니 너무 조용했고

불 꺼진
거실이 낯설었어

가족들이 없는 집

혹시 누가 죽었나
그런 생각을 잠깐 했다

……열린 창 사이로 들어오는 빛과 바람
커튼이 흔들렸고

아무도 없어요?
아무도 없다는 걸 알면서 물어보았지

소파에 잠깐 누웠다가 티브이를 켰는데
본 적 없는 방송들 모르는 이야기들뿐

다 나와는 상관없는 것들

혼자가 된다는 게
이렇게 안심되는 일이라는 것을

그때 처음 알았지

등에 쓴 이름

도서관 구석 자리에서 잠들면
귀신이 등에 손가락으로 자기 이름을 적고 간대

그건 오래전부터 애들 사이에 전해지는 소문

그런데 네가 그 자리에 앉아 있었어
꾸벅꾸벅 졸면서

깨워야 할까
말아야 할까

고민하는 동안 깨어난 너는 날 보고 웃었지

그때 나는 이해할 수 있었다
귀신의 마음을

　내가 십 대였을 무렵, 나는 나의 것이 아닌 이야기에 마음
을 기울여야만 했다. 청소년 퀴어를 위한 문학 작품이라는
것은 존재하지 않았으니까. 퀴어가 존재하지 않는 세계의 이
야기를 읽으며, 그 안에서 나 자신의 퀴어함을 겹쳐 보고, 또
쓰이지 않은 자리의 퀴어함을 찾아내는 것이 그 시절의 문학
경험이었노라 말할 수 있겠다. 그 시절의 나에게 전하고 싶
은 시를 쓰고자 했다.

박소란

조퇴
공
사랑받는 기분

2009년 『문학수첩』 신인상을 받으며 작품 활동을 시작했다. 시집 『심장에 가까운 말』, 『한 사람의 닫힌 문』, 『있다』, 『수옥』 등을 썼다.

조퇴

문 쪽으로 고개를 돌리면
거기 막 문을 열고 들어오는 애와 눈이 마주치고

어?
누구였더라? 모르겠네 알다가도
모르겠어
노트 맨 앞 장에 적힌 이름을 가만히 들여다보며

나는 문득 골똘해진다
무수한 지문으로 얼룩진 거울 앞에서
다시 그 애를 보고
어?

누구였더라?
나는
교실 문을 박차고 나선다

어릴 적 살던 골목이며 공기나 줄넘기를 연습하던

문구점 뒤편 그늘이며
　아무리 어슬렁거려도
　없는 것
　모르는 것 나는

　누구였더라?

　누가 나를 훔쳐 갔나 길가에 늘어선 저 많은 사람들 중
　누구에게 나를 주었나

　나는 지금 어느 구석에서 울고 있어 혼자 자꾸 뭔가
를 끄적이고 있어,
　일러 주는 애는 또 누구인지
　어떤 나인지

　일은 점점 복잡해지고 생각은 꼬일 대로 꼬여
　문이 있던 자리를 되짚어 보면

거기 막 문을 열고 들어가는 애,
그 애들은 여전하고
어딘가 비슷한 뒤통수 비슷한 등허리

나는 없지만

누군가 다급히 이름을 불러
뒤돌아보았지
내 이름은 아니었지만

공

강물 위로 공이 떠간다
자꾸자꾸 멀어진다

공을 빠뜨린 너는 어쩔 줄 몰라 한다
강가에 서서
발을 구르고 아아 한숨을 토하고
바닥의 돌 하나를 집어 힘껏 던져도 보지만

공은 돌아오지 않는다
너로부터
멀리 더 멀리

새가 날개를 휘젓고 물고기가 씽씽 달린다
도망치듯
너는 당황스럽다

돌아오지 않는 것들이
앞으로도 영영 돌아오지 않는다는 게

알아요 이젠 이해할 수 있어요,
그렇게 말하기까지 얼마나 긴 시간이 필요할까

너는 돌아선다 맥없이 걷는다
자꾸자꾸 멀어진다
강으로부터
공으로부터

멀고 먼
집들과 차들과 사람들과
신호등 앞에 멈춰 숨을 고를 때면 무엇이든 통, 통,
튀어 오를 것 같다
당장이라도 달려가 붙잡아야 할 것 같다

제발,
소리쳐 부르는 대신

걷는다 알 수 없는 방향으로 통, 통,

안녕, 잘 가,
희고 둥근 너의 뒤통수를 향해
나는 한참 동안 손을 흔든다

사랑받는 기분

운이 좋네, 말하게 되는 날
교문 앞에서 오백 원짜리 동전을 하나 주웠고
정류장에 서자마자 버스는 딱 맞게 도착했고
힘내, 생각지도 못한 메시지를 받았고

꼭 사랑받는 기분인걸 오늘은
천변을 걷는다
저녁 개천에는 크고 작은 오리들이 다닥다닥 붙어
앉아 이른 잠을 부르는데
몇은 죽고 몇은 살아
어리둥절 낯선 계절을 맞겠지, 이런 생각을 하면서도

봄이 되면 먼 곳으로 놀러 가고 싶다
좋아하는 그 애와
그래도 될까 주저하다 말겠지만

운이 좋다면, 운이 좋다면

병상에 누워 퀭한 눈으로 티브이를 보는 아빠같이
웃고 울고
다시 웃는다

걷기를 멈추지 않는다
개천 저편 빛나는 걸 보면 하나쯤 갖고 싶고 사고 싶고
노래 부르고 싶고

얼어붙은 길을 천천히 걷는다
넘어지지 않는다 기적이라 부를 수도 있겠지
새끼 오리 하나 불쑥 태어날 것 같고 기어코 태어나
전화를 걸면

전화를 걸면
받지 않는 아빠

전화가 왔다
오래전 멀어진 친구에게서

꿈에 내가 나왔다고 갓난쟁이처럼 엉엉 우는 나를
봤다고
좀 슬프더라
그렇지만 꿈은 반대라니까, 친구는 말했다

꼭 사랑받는 기분인걸

어두운 물속 외따로 허우적대는 날개를 못 본 척
멀리 더 멀리 걷는다

시무룩한 표정을 하고 창밖을 내다봤다. 한참 동안 그러고 있으면 메마른 공중으로 가느다란 빗줄기가 번지다 차츰 운동장을 진하게 물들이곤 했다. "비 온다……." 중얼거리면 옆자리 아이는 잠시 고개를 들어 바깥을 보고. "뭐야, 진짠 줄 알았잖아." 심드렁해져서는 이내 난해한 기호들 사이로 숨어 버렸다. 그러고는 영영 보이지 않았다. 비가 내린다고 생각하면 나왔다. 비를 맞고 있다고 생각하면 견딜 수 있었다. 흙먼지가 풀썩거리는 마음을. 혼자인 시간을. 이해할 수 없는 문제들을 잔뜩 두고 한숨만 쉬던 나는 지금쯤 어느 창가를 서성이고 있을까.

최현우

게임의 이유
밤이 좋아서요
졸업식은 그렇게 끝났다

2014년 『조선일보』 신춘문예에 당선되며 작품 활동을 시작했다. 시집 『사람은 왜 만질 수 없는 날씨를 살게 되나요』를 썼다.

게임의 이유

길을 안다
이곳에서만큼은
나는 나를 진행할 수 있다

갈 수 없는 곳은
투명해도 갈 수 없다
분명한 벽이 있다

그러나 안심이 되는 건
부딪혀도 다치지 않는다는 것
어디로 가야 하는지
반짝거리는 지도가 늘 있다는 것

도와주세요
살려 주세요

이곳에서만큼은
나는 누구도 외면하지 않는다

누구라도 구해 줄 수 있다

이길 수 없는 적을 만나
체력이 닳고
마법이 다 떨어져도
거기서 끝나는 게 아니다

누군가를 구하기 위해
칼을 찾고
방패를 휘두른다면

절망하지 않는다면
세계를 재생할 수 있다

내가 포기하지 않는 세계
나를 포기하지 않는 세계

몇십 번을 구하고

다시 시작한 세계로 돌아오면
나 때문에 모두 또다시
불행도 처음부터 시작하는 것 같아서

어느 날 그만하기로 한다

모니터 속 검은 화면
갇혀 있는 내 얼굴은 그만할 수가 없다

밤이 좋아서요

세상을 협박하려면
자퇴밖에 없는 것 같아서
그렇게 적었다

왜 그러고 싶냐고
딱히 생각나는 대답은 없고
솔직하고 싶은 진심은 용기가 없고

아침에 너무 졸려서요
밤이 너무 좋아서요

그날 이후 점심시간까지 엎드려 자도
아무도 혼내지 않았다

그럼 너는 밤에 무얼 하니?
부모님이 뭐라시니?
질문도 관심도 수그러들 때쯤

빈 교실 너머로
해와 낮달이 서로 하늘을 움켜쥐고
자기 쪽으로, 좀 더 자기 쪽으로 당기느라
노을이 온통 핏빛이었다

아무도 없었다

동생과 찬밥에 카레를 부어 먹고
집의 모든 불을 꺼 둔 채로
침대에 누워 어릴 적 천장에 붙여 놓은
야광 별을 세다가

현관 열리는 소리
방문 열어 보는 소리
다시 닫는 소리

불투명한 유리창 밖
골목으로 쏟아지는 주홍빛 가로등 불빛은

새벽이 흘리는 노을 같았고

이제야 안전한 마음으로
잠에 든 동생의 숨소리를 세다가

아침마다
뭐가 눈가에 잔뜩 묻었는지
부엌에 선 엄마 뒷모습이 자꾸만 붉었고

졸업식은 그렇게 끝났다

네가 웃으면
나는 자꾸 어려워

그러니까 웃어 주지 마

졸업식 그날
싸우지도 않았는데
일 년 내내 퉁명스럽게 멀어진 내게
너는 말했지

친구 해 줘서 고마웠어

여름에 빌려주고
겨울이 끝나도록
달라고 하지 않은 볼펜을
내게 다시 돌려주었지

그거 내 선물이었는데

한 번도 안 쓴 거
아꼈다가 너 준 거였는데

나는 아무 말도 못 하고
응, 그래

볼펜 한 자루 들고 서서
다른 친구들 사이로
꽃 들고 사라지는 너의 뒷모습

본다

너는 너무 예뻐서
네가 옆에 있으면
나는 자꾸 무서웠는데

그래서 그때
옆에 오지 말라고 했던 거야

근데 네가 서럽게 울 줄 몰랐어
계속 울어서 어떻게 해야 할지 몰랐어

이제 우리 못 볼 텐데
너는 뒤돌아보지 않을 텐데

그래서 너보다 빨리 걸었던 거야
먼저 가서, 신발 끈 묶는 척
앉아서

옆으로 지나가는
네 얼굴
한 번만 더 몰래 보면

그게 너무 예뻐서
나는 자꾸 슬퍼서

착한 사람 되고 싶었는데 나쁜 일만 떠올랐어요. 저는 그런 아이였답니다. 그때, 다 괜찮다고 말해 주는 사람 있었다면 다행이었겠지요. 그러면 괜찮지 않아도 괜찮을 수도 있었겠지요. 어른을 원망하던 아이는 사실 어른에게 위로받고 싶은 아이였겠습니다. 무섭다고, 지켜 달라고 말해 보고 싶던 아이였겠습니다. 그때의 아이가 질문합니다. 이제는 괜찮아? 괜찮아졌어? 지금의 어른이 대답합니다. 응, 그런 것 같아. 그래도 조금은 괜찮아진 것 같아.

괜찮아질 거라고. 지금의 괴롭고 두려운 일과 부끄럽고 미안한 일이 스스로 쓸모없고 형편없게 보여도 내가 나를 잘 기억해 준다면 괜찮을 거라고. 아무도 몰라줘도 내가 나를 잃지 않는다면 괜찮을 거라고. 당신도 잘 들어 보면 들릴 거예요. 멀리 있는 당신이 지금의 당신에게 건네는 인사가. 미래의 당신이 당신에게 아주 근사하게 손을 흔들고 있을 거예요. 이제는 정말 괜찮아졌다고 말하면서요.

한여진

절찬 상영 중
분홍의 세계
수영 기분

2019년 『문학동네』 신인상을 받으며 작품 활동을 시작했다. 시집 『두부를 구우면 겨울이 온다』를 썼다.

절찬 상영 중

그거 알아? 우리는 모두 주인공으로 태어났대

에이, 뒤통수 가득한 극장에서
아무리 많은 영화를 봐도 그런 이야기는 없는걸

옆자리 관객은 세상 다 산 얼굴로 팝콘을 씹고
스크린 아래 우리들은 옹기종기 파랗게 빛나지
가끔은 시시하다는 느낌도 들어, 쉿, 영화 시작한다

미소가 아름다운 배우들로 가득한 두 시간이 지나도
우리는 히어로 아니고 사연 있는 로커 아니고 생활
의 달인 아니고
겨우 입구와 출구에 와글와글 서 있는 사람들

출구 위 반짝반짝 빛나는 EXIT맨들에게 물어볼까
언제쯤 특별한 일들이 생기냐고

집으로 돌아와 머리를 파랗게 물들여도

나에겐 빌런이 없고 고난이 없고 손 기술이 없고

머리를 감을 때마다 발 아래로 휘몰아치는 푸른 물
시시해, 우울에도 색깔이 있을까 에취, 감기나 안 걸
리면 다행

하지만 잠들기 전 떠오른 건
영화 엔딩 크레디트 속 내 이름
나와 같은 이름의 촬영 감독

그의 이름과 꿈과 세상과 장래 희망과 장바구니와
버킷 리스트
못 다 찍은 장면들과 앞으로 찍게 될 장면들을 생각
하다 잠에 들었고
꿈속에서도 꿈을 찾아 헤맸는데

눈을 떴을 땐
그의 꿈은 아직 끝나지 않았고

내 꿈은 시작도 전이라
아침 볕이 어지러웠다

좋은 아침! 오늘은 무슨 영화 볼까
매일 똑같은 아침인데 너는 꼭 새로운 척하더라

코미디, 호러, 로맨스, 부조리
우리에겐 선택권이 있고
극장을 뛰쳐나갈 수 있는 결심이 있고
그러니 오늘은 영화 말고 산책할래?

혹시 알아,
산책하다 주인공의 추격전에 치여
벌렁 넘어진 리어카 아저씨를 만날지도
그에게 손을 내밀어 일으켜 주면
거기서부터 장면이 시작될지도

그러니 컷, 영화 시작한다

분홍의 세계

내 이름은 분홍

자기소개할 때마다 살짝 부끄러워지는 이름 말고
내가 가진 분홍은 아무것도 없지만

교복은 칙칙하고
책상은 끈적끈적
벽지는 누리끼리

재미없어 하품만 나오는 이 세상에
내가 가진 분홍은 아직 이름뿐이지만

지금부터 내가 어디까지 갈 수 있을지
너는 모르지 넓고 넓은 분홍의 세계를

내일 눈뜨고 일어나면 나는
분홍색 여름을 살고 분홍색 스무디 한 모금을
분홍색 고양이와 와킹을 분홍색 기린과 휘모리장단을

분홍색 구름 아래 분홍색 빗자루 분홍색 리어카 타고
가끔 분홍색 소나기 내리면 분홍색 야자수에 올라타
야지
분홍색 교회에 가서 분홍색 부처님과 함께 노래 부르고
분홍색 사랑을 해야지 분홍색 시를 써야지
분홍을 살고
분홍이 돼야지
분홍을 해야지

내가 어디까지 할 수 있을지
나의 세계가 얼마나 무궁하고 무진한지
아직은 분홍인 나만 알지만

그러니 지금부터 기억해 분홍
내 분홍의 세계는 넓고 넓은 분홍
너 하나쯤 없어도 눈 깜짝 안 할 분홍
너도 분홍으로 만들어 버릴 수 있는
나의 분홍

아, 그러니 네가 언젠가는 꼭 기억해야 하는

내 이름은 분홍

수영 기분

호루라기 소리 울려 퍼지면

줄지어 선 알록달록 수영 모자 우리들
한 명씩 올라서는 다이빙대 위에서

하나부터 열까지의 호흡

손끝에서 시작한 포즈와
발끝에서 떨어지는 우아함

흡— 하면
점으로 시작해
파랗게 풀어지는 몸

수면 아래서 자유롭게 상상해 보는
순서와 질서 없는 세계

그건 아주 찰나의 순간이라

금세 몸 안으로 들어서는 자세

수면 위로 끌어 올려지는 몸
그 사이 조금 자라 버린 마음

파— 하면
호루라기 소리 들리고

재빨리 수면 밖으로 나와
앞과 뒤를 살펴 줄을 유지하고
각자의 호흡을 세러 가는

우리들의
파랗고 파란 성장기

어느 소풍날의 기억입니다. 보물찾기하는 친구들을 바라 보며 홀로 깊은 숲속까지 걸어 들어갔어요. 누군가 내가 사라졌다는 것을 알아채 주길 바라면서. 하지만 한참의 시간이 지나도 나를 찾는 목소리는 들리지 않았고 발목 아래 풀들이 간지러워 그냥 돌아왔습니다. 친구들은 보물들을 비교하며 와자지껄합니다. 내가 잠시 떠나 있던 세계를 그렇게 처음 마주했습니다. 그 이후로…… 몸과 마음은 제각각의 속도로 자라납니다. 어느 날은 내가 특별하다고 믿다가 다음 날이면 내가 특별하지 않다는 슬픔에 휩싸입니다. 그리고 이탈했던 그 아이는 돌아오지 않고 그 숲속에서 계속 나를 지켜보고 있습니다. 계속해서 보물을 숨기면서 내가 그다음 보물을 찾아낼 때까지…… 그러니 이 모든 건 내가 만든 숲에서의 일입니다.

신미나

주머니
두더지를 보았다
기다렸다 같이 가

2007년 『경향신문』 신춘문예에 당선되며 작품 활동을 시작했다. 시집 『싱고,라고 불렀다』, 『당신은 나의 높이를 가지세요』, 『백장미의 창백』 등을 썼다.

주머니

못생긴 내 손
뭉툭하고 굵은 내 손

남들이 볼까 봐
부끄러워
주머니에 넣고 다녔는데

너는 내 손을 끌어다
주머니에 넣었지

주머니 속은 새 둥지야
너의 어두운 마음도
슬픔도 품을 수 있어

어두운 데서도
네 슬픔이 환히 보인다

네가 끌어다 쥔 내 손

작고 못생긴 내 손

주머니 안에서 따뜻했지
새알을 쥔 것처럼 두근거렸지

두더지를 보았다

할머니네 콩밭에서 보았다
땅 위로 올라온 두더지

글러브를 낀 듯이
손바닥이 크고 넓적한 두더지

하늘을 향해 두 손을 올리고
절이라도 하듯이

두더지는 죽을 때가 되면
땅 위로 올라온다는데

가족과 친구들 남겨 두고
어쩌다 땅 위로 올라왔을까

할머니가 예배당에서 기도할 때처럼
엎드린 두더지 앞에서
가만히 두 손을 모은다

기다렸다 같이 가

예린이 좀 특이하지 않냐?
왜 핸드폰이 없어? 왜 맨날 혼자 다녀?
걔만 단톡방에 못 끼니까

우리끼리 팔짱 끼고 학원에 간다
우리끼리 떡볶이를 먹으러 간다
우리끼리 키링을 사고 인생 네 컷을 찍는다

우리는 초대 안 한 게 아니야
신나게 웃으며 헤어진다
잘 가 또 같이 놀자 내일 학원에서 봐

방과 후에 편의점에서 일하는 거
예린이가 말하지 말랬는데

우리라는 말 안에는
보이지 않는 금이 그려진 것 같다

기다란 가로등 그림자

예린이처럼 목이 길고 쓸쓸한 그림자

등 뒤에서 네 이름 부르면

깜짝 놀라 돌아보겠지 활짝 웃겠지

연필과 지우개를 좋아하는 아이가 있었습니다. 종이에 썼다가 지웠다가, 어떤 이야기는 옅은 밑그림만 남았습니다. 손에 밴 철봉 냄새, 가방 안에서 덜그럭거리는 도시락, 흰 양말에 묻은 희미한 얼룩, 정글짐 꼭대기에 걸려 감빛으로 번지던 노을은 시가 되었습니다. 어른이 된 아이의 연필은 닳고, 지우개는 작아져만 갑니다. 하지만 여전히 연필을 꼭 쥐고 시를 씁니다. 미래의 아이에게.

유희경

손잡고 함께 걷는 기분
여름 기분
도넛을 나누는 기분

2008년 『조선일보』 신춘문예에 당선되며 작품 활동을 시작했다. 시집 『오늘 아침 단어』, 『당신의 자리―나무로 자라는 방법』, 『우리에게 잠시 신이었던』, 『이다음 봄에 우리는』, 『겨울밤 토끼 걱정』 등을 썼다.

손잡고 함께 걷는 기분

솔직히 말하자.
쉽지 않은 일이야.
아기 금붕어가 자라서
독수리처럼 날거나
오늘 밤 서울에서 잠들었는데
깨어 보니 미국 테네시주
톰 아저씨의 녹색 그물 침대
그만큼이나.

말이 나와서 말인데,
다 적어 낼 수 없을 만큼 나는
온갖 불가능한 일들을 알고 있지.
상상은 불현듯 찾아오고
상상은 꽤 재미난 일이긴 하지만
누가 그러더라. 상상은
그런 게 아니라고.
커다란 바위처럼
튼튼한 뿌리를 가지고 있어야 한다고.

누가 그랬냐고?

내가 지어낸 말이야. 일단

아니라고 하면 그럴 듯해지니까.

나는 아니라고 하는 데 선수지.

다들 혀를 내두를 만큼.

일단 아니라고 말해.

그렇게 시작하지.

역시 퍽 재미난 일이지만, 잠깐

지금 무슨 이야기를 하고 있었지?

아, 그거. 손잡고 함께 걷는 기분.

솔직히 말하자.

쉽지 않은 일이야.

악어가 악어새의 조상으로 밝혀지거나

한 시간 뒤에 내게

애인이 생기는 일만큼이나.

여름 기분

상자를 보면 열고 싶잖아.
혹시 저 상자를 열면 고양이
그려진 티셔츠
입은 두 사람이 탄 50cc 바이크
그중 한 사람이 들고 있는 수박.
나는 수박이 싫어.
수박 싫은 사람, 손.
상자에 수박이 들었다면
열지 않겠다. 수박이 들어 있는
상자가 있을 리가.
고양이가 들어 있는 상자라면
인정이지. 고양이가 그려진
검은 티셔츠도 인정.
50cc 바이크도 상자에 들어가는 거
알아? 사람은 안 돼. 열린 상자를 보면
들어가고 싶은데.
고양이처럼 들어가고 싶은데.
야옹.

야옹.

야아옹.

조용히 해. 상자의 내용은

들키지 않는 게 좋아.

그러니 상자는 가만 닫혀 있는 법.

바이크에 상자를 싣고서

까만 티셔츠를 나눠 입은 너와

같이 수박 싫어할 너와

달리는 기분. 50cc의 속도로.

너무 빠르지 않게. 뜻밖으로 좀 빠르게.

그때의 바람이 필요해. 필요해.

도넛을 나누는 기분

바스락대는 봉투에서

도넛을 꺼내려는

밤의 버스 정류장.

버스는 아직 오지 않고.

버스는 아직 오지 않아도 좋고.

그런 밤의 버스 정류장.

자, 도넛을 꺼낸다.

그런데 어째서

도넛은 손끝으로 집는 거지.

아슬아슬하게.

까슬

까슬

까무룩

떨어지고 쌓여 가는 설탕 가루.

하얀 그림자를 딛고

발끝으로 서는 기분. 하지만

버스는 아직도 오지 않았어.

여전히 밤의 버스 정류장.

꺼낸 도넛을 반으로 가른다.

집으로 돌아가려 함과

집으로 가고 싶지 아니 함처럼.

정확히 나누었는지 묻지 않기.

버스가 오려는 방향 쪽으로

나란히 시선을 두는 것뿐이다.

반절만 건네고. 반절은 물고.

손끝을 비비면서 털어 내면서.

어디서 났는지 묻지 말기.

마실 거 없는지 묻지 말기.

밤하늘에 별이 있다고

사기 치지 말기. 그저

설탕 가루가 묻은 입술로

휘파람 불기. 밤의 버스 정류장에서.

오지 않는 개를 부르듯 이제

버스가 와 주었으면 하는 마음으로.

기분의 세계는 기분으로 이루어져 있다. 이유 따윈 없는 기분. 기분은 좋고 나쁘고 기분은 좋지도 나쁘지도 않다. 기분은 오지도 가지도 않고 느닷없고 난데없어서 도무지 설명이 되지 않는다. 그리하여 기분은 형언할 수 없다.

시를 쓴다는 것, 또 시를 읽는다는 것 역시 기분의 문제이다. 나는 당신의 기분을 침범할 수 없다. 당신이 나의 기분에 관여할 수 없는 것처럼. 그런 사이를 두고 우리는 서로를 끊임없이 의식한다. 시를 나눈다는 건, 그런 일이라고 생각한다.

최지은

2017년 창비신인시인상을 받으며 작품 활동을 시작했다.
시집 『봄밤이 끝나가요, 때마침 시는 너무 짧고요』를 썼다.

이야기

그런 말을 하고 다니면 안 된다고 했다
그런 말을 하고 다니면

엄마가 뭐가 되느냐고

그런 말을 하는 엄마에게

엄마는 엄마
언제나 엄마
그저 엄마를 사랑한다고 말하고 싶었지만

그런 말을 하려는 사이

네 번의 여름 방학이 지나갔다

이제 나는 누구에게도
그런 말을
하지 않지만

잠든 엄마의 얼굴을 내려다볼 때면 들려주고 싶어진다

엄마, 이건 엄마 이야기가 아니에요
내 이야기죠

자면서도 엄마는
울 것 같은 얼굴을 하고 있다

엄마는 볼 수 없는
나만 아는 엄마 얼굴
그러니까
나만 말할 수 있는 엄마 얼굴

나의 이야기는 여기서부터 시작한다

숲에서 숲으로

숲에서 숲으로
더 어두운 숲으로
향하는 버스 안에서
동생과 나는 나란히 앉아 있었어
내 품에는
가벼워진 엄마가
얼마나 가벼운지 동그랗고 매끄러운 항아리 안에서
잠들어 있었지
숲에서 숲으로 더 어두운 숲으로
짙푸른 나무가 줄 서 있었어
아주 어두운 마음도 내게 있었지
숲이 깊어 초록이 짙어질 때마다
차창에 비치던 내 얼굴
어두워질수록 잘 보이던
내 얼굴
꼭 엄마 꿈을 꾸는 것 같던 동생의 얼굴
그게 다 무언지 몰라
바라보았어 그저 숲에서

숲으로……

그 애가 들려주는 옛날이야기

차창에 비친 그 애를 바라보았다
그 애의 어두운 마음을
보려고
그게 다 무언지 보려고

그러다 한 번씩
창에 비친 내 얼굴을

바라보았다

그 애를 바라보는 나를
기억하려고

숲에서 숲으로,

창밖의 나무들이 소리 없이 속삭이고 있을 때였다

이쯤에서

이모가 왔다 겨우내 잠들어 있던 정원을 돌봐 주려고

엄마의 정원인데
지난겨울부터 내 것이 됐다

엄마에 대해서는 더 말할 수가 없다
이제부터는 엄마의 정원을 내가 가꾸어야 한다는 것
밖에는

나는 더 말할 수가 없다

이모는 장미 가지 하나를 잘라 내며 말했다

죽은 가지를 이렇게 자르면
여기, 옆으로 새로운 가지가 생장할 거야
여기, 옆으로 이렇게 쭈욱— 자라날 거야

이모는 두 번째 손가락을 들어 허공을 가르며 동그

라미를 그렸다

　여기, 이쯤에서 꽃이 필 거야

　이모가 그린 동그라미 속으로 그날 밤 내 꿈이 따라
들어갔다

　어느새 엄마는 저녁을 하고 있었고
　식탁에는 장미 한 송이가
　꿈에서도 조금 시들고 여전히 싱싱한 장미가
　이모가 말한 장미라는 것을 알았다 그때 엄마가
　문득 뒤를 돌아보았다
　웃고 있는 것 같았다

　허공에 핀 장미를 바라보듯이
　또 다른 무언가를 바라보듯이
　꼭 본 것처럼 웃는 엄마를

나는 다 아는 것처럼

같이 웃어 보았다

학창 시절 잊히지 않는 선생님의 목소리가 떠오릅니다. 더위와 학업에 지쳐 수업 시간 졸기만 하는 우리에게 선생님은 말했습니다. "얘들아, 딴짓을 해도 좋으니 졸면서 그냥 다 흘려보내지 말고 창밖의 여름을 봐. 너희 자리에서 보이는 창밖의 나무들, 하늘, 구름. 열일곱의 여름을 간직해라."

다시 오지 않을 여름을 바라보라는 당부였습니다. 그 여름 제 자리에서 보이던 플라타너스, 초록의 흔들림, 열일곱의 여름은 여전히 선연합니다. 그 시절 무엇을 공부했고 틀렸고 무엇을 잃고 또 무엇에 속상했는지는 기억하지 못하지만, 그저 바라보았던 여름 창밖의 한 조각은 생생하게 떠오릅니다. 지금 여러분의 창밖에는 무엇이 보일까요.

어둡고, 외롭고, 서글픈 나날에도 바라보는 일을 잊지 않으면 좋겠습니다. 알 수 없고, 얻을 수 없는 것투성이인 나날 속에서도 무언가를 묵묵히 바라보았던 나의 마음이 스스로에게는 두고두고 힘이 되고 용기가 될 테니까요. 그저 바라보는 것, 그저 무언가를 바라보던 나 자신을 기억하는 것, 저는 문득 이것이 시의 전부가 아닐까 생각해 보았어요.

제3부

우리만 있는
숲속에서

성다영

내일의 내일의
더빙 영화
에어쇼

2019년 『경향신문』 신춘문예에 당선되며 작품 활동을 시작했다. 시집 『스킨스카이』를 썼다.

내일의 내일의

선생님은 언제나 이번이 중요하다고 말하지
시간이 흘러 또 이렇게 말해
이번엔 정말 중요해
모든 이번이 중요하다면 다음도 중요할 텐데
다음은 자신의 차례를 기다리고 있지만
그건 다음에.
언젠가 작은 벌이 교실 안으로 들어온 적 있어
유리창에 툭툭 부딪치다가
어느 순간 조용해졌는데,
그제야 나는 살아 있는지 궁금해졌어
상상해 봐
작은 벌의 다음을
창밖으로 펼쳐진 끝없는 투명 속으로
날개를 펼쳐
여기에선 누구도 내가 무엇을 해야 하는지
말하지 않아
내가 누구인지 묻지 않아
나는 수돗가를 서성거리지

아무것도 하지 않거나

건물 뒤편 구석에서 졸아도 좋아

아무 데나 앉아

아무거나 써

여전히

나는 있었어

더빙 영화

동네 놀이터에서 놀았다
별로 안 친한 애들도 있었다
편의점에서 음료수도 사 먹었고
이제 집에 가는 일 말고 남은 게 없었지만
아무렇게 벗어 놓은 교복처럼
그곳에서 흔들거렸네
의심스럽지
두 단어가 나란히 있는 거
이렇게 마지막쯤에 시작되는 것도
너 되게 불량해 보여
그렇지만
게임이 아니라면 어떻게 진실을 말하겠어
우리 중에 좋아하는 애 있지
가정은 시시하고
남자애들에게는 관심 없어
있잖아 나는 진실 게임을 이해하지 못해
나도
너 따라 해도 돼?

우리가 아는 것들이
이 풍경에 걸려 있어

에어쇼

ㅂ이 나무껍질을 벗긴다

ㄱ가 돌 위에 올라간다

아직이야

ㅁ이 잎에 색칠을 한다

검은 독수리들이 하늘을 맴돈다

아이들은 위를 올려다보지 않는다

세계를 먼저 만들어

네가 어디든 있을 수 있게

오늘은 우리가 만난 날이다

　내가 떠올릴 수 있는 청소년은 내가 경험한 청소년일 테다. 보편적인 청소년의 모습은 상상할 수 없었다. 그러나 개별적인 청소년, 단 하나의 극단으로 솟아 있는 청소년의 모습은 청년이 된 나와 통합되어 있었다. 청소년시를 쓰는 중에 계속해서 나를 붙잡았던 문제는 어떤 부분에서는 청소년과 청년이 분명하게 구분될 수 없었다는 것이다. 청소년 시기에도 나는 나이면서 내가 아닌 것 같은 유리된 감각을 느끼곤 했다. 그러나 그때에도 나 자신의 존재의 의미를 확정하려고 노력하지 않았다. 이미지가 흔들리도록, 가장자리가 흐려진 채로 그대로 두었다. 시는 인식 가능한 것을 넘어선다. 희미하게, 그러나 여전히 떨리고 있는 청소년의 어느 날을 떠올리며 썼다.

전욱진

일어나 이윤옥
내 키를 훌쩍 넘은 내 마음이
할머니와 언더테이커

2014년 『실천문학』 신인상을 받으며 작품 활동을 시작했다. 시집 『여름의 사실』을 썼다.

일어나 이윤옥

수술이 끝나고 잠깐 깨었다
도로 깊은 잠에 빠진 엄마

머리도 빠지고 살도 빠져서
꼭 남의 집 엄마 같단 말이지

건너편 할머니가 어저께 건네준
오렌지주스는 미지근해져 있고

나는 병뚜껑만 오래 만지작거린다

그렇게 서성이다 문득
누운 엄마 발 언저리에

엄마 이름이랑 나이
태어난 연도와 월일

생각해 보니 지금까지 나는 엄마를

그냥 엄마,라고만 불렀네

너무 당연한가 그렇다면 기회는
바로 지금뿐 한번 해 봐야겠다

그만 자고 일어나 학교 가야지
매일 아침마다 내 이름 부르며
잠을 깨우던 엄마처럼

일어나 이윤옥
그만 자고 일어나 집에 가야지

일어나 이윤옥
얼른 일어나 씻고 밥 먹어야지

일어나 이윤옥
일어나 이윤옥

내 키를 훌쩍 넘은 내 마음이

우리나라의 대척점은 우루과이
그러니까 우리가 밤이라 부르는 시간
그곳은 눈부신 아침인 거다

내 키를 훌쩍 넘은 내 마음이
세상에 그림자를 드리울 때

혼자서 거기까지 자주 걷는다

네가 나를 밀고 들어온 후
나는 열린 문이 되어 혼자 삐걱거리고

그렇게 네가 있는 곳은 너머가 되어
그 방향을 멍하니 바라만 본다고

나 말고 아무한테도 말 안 할 거다

창에 드는 햇빛을 손거울에 반사해

네 눈을 부시게 한 장난을 친 이유 같은 거

지난주에 내가 급식 당번이었을 때
너한테 소시지를 한 개 더 준 이유 같은 거도

하지만 너마저 묻지 않는다면

꾀병을 부려 조퇴에 성공한 것처럼
개운하면서 어딘가 허전하겠지

닫히는 법 모르는 내가 자꾸만
빛을 들어오게 해서

네가 앉은 쪽이 눈 감아도 환하다고

이제 정신을 차려 보면
사람들이 모르는 말을 자꾸 쓰지만

지구 반대편에 앉은 내가
무슨 생각을 하는지는

아무한테도 말하지 않을 거다

지금쯤 곤히 자고 있을
그 애 한 사람만 빼놓고

할머니와 언더테이커

레쓰링 헌다, 어여 와!

이렇게 할머니가 부르면 달려가
티브이 앞에 앉던 어릴 적의 나

그 안에서 내가 가장 좋아한 선수는
죽음의 계곡에서 왔다는 언더테이커

패고 치고 까고 지르고 박고도
성에 안 차 번쩍 들어 내리꽂고
공중을 날아 온몸으로 덮치고

주먹질과 발길질도 모자라서
철제 의자로 서로를 뚜들겨 끝내
이마에서 붉은 피를 뿜기도 하는

혹독하고 잔인한 사각의 링

그 위에 언더테이커는 지는 듯싶다가도
벌떡 일어나 상대를 때려눕혔는데

이제 나는 이 모든 쌈박질이 짜고 치는 고스톱
그러니까 각본에 따라 이루어지는 일임을 안다

죽음에서 항상 살아 돌아오던 언더테이커가
실은 죽음을 연기하는 배우에 불과했던 것이다

이 사실을 나는 할머니한테 말해 줬지만
아랑곳없이 저녁만 되면 티브이 앞에 앉아
크게 환호하지도 대신 아파하지도 않는 채
그 난투극을 처음부터 끝까지 보고 계셨다

혼자 계신 할머니의 모습이 가끔 안쓰러워
예전처럼 옆에 앉아 같이 볼 때가 있는데

승자와 패자가 이미 다 정해진 싸움임에도

그 안에 사람들은 늘 진심으로 고통스러워하고

여전히 언더테이커는 벌떡 일어나
상대를 쥐어박고 끝내 쓰러뜨린 뒤
그가 사는 죽음의 계곡으로 돌아간다

종종 그려 봅니다. 허리가 굽고 머리는 허옇게 센, 힘없는 노인이 되어 있는 나의 모습을. 그렇게 지레 늙어 버린 채 아름다웠던 나날을 떠올립니다. 얼마나 대단했던지요, 그때의 나도 내가 좋아하던 사람들도. 하지만 그때의 나는 왜 우리 모두를 외롭게 만들었을까요. 어째서 인간은 지나간 날을 다시 살 수 없을까요. 내내 의아해하며 혼자 책상 앞에 앉습니다. 그렇게 시를 쓰기 시작합니다. 그리하여 어떤 시는 미래의 내가 먼저 쓴 반성문 같습니다. 다가오는 내 잘못을 미리 사과하는 일은 앉아 있는 지금의 내 몫입니다.

임지은

그래서 옥상
조퇴
불만 체육 대회

2015년 『문학과사회』 신인문학상을 받으며 작품 활동을
시작했다. 시집 『무구함과 소보로』, 『때때로 캥거루』, 『이
시는 누워 있고 일어날 생각을 안 한다』 등을 썼다.

그래서 옥상

체육 시간에 탁구를 쳤다
너는 알지? 내가 날아오는 공을 보면
피하고 싶어진다는 걸
자꾸자꾸 피하다 옥상까지 올라가게 됐다

나는 날개 있는 것들이 무서웠던 건데
지난주에는 한 아이가 옥상에 서 있었다
그 아이는 정말로 날았다

나는 싫어하는 게 많았다 그래도
할머니는 좋아했다
그래서 할머니는 죽었다

아이들 이름 뒤에 할머니를 붙이며 놀았다
영수 할머니, 웬일이세요?
유라 할머니, 도망가세요
결국 할머니, 죽으세요

나는 코가 두 개인 사람의 얘기를

알고 있었다

그 사람은 너무 많은 냄새를 맡을 수 있었지만

정작 자신의 냄새는 맡지 못했다

나는 내 냄새를 잘 알고 있었다

엎드려 울고 있는 너에게서 맡을 수 있었다

그래서 던진 거였니?

넌 날 벽에 세워 두고 탁구를 쳤잖아

둘 중 하나가 쓰러질 때까지 탁구는 계속되고

둥근 게 전부인 수박처럼 어둠이 잔뜩 으깨어졌다

조퇴

조퇴 사유가 적힌 종이를 들고 걸어요
덜그럭거리는 필통처럼
걸음도 호흡도 제멋대로예요

교문을 나서면 새로운 세상일까요?
수위는 늦은 아침을 먹어요 난 아직 늦지 않았죠

사거리는 오늘도 네 갈래예요
뿌리가 없어 옮겨 심을 수도 없는 나무처럼

신호등이 붉은 눈을 치켜뜨면
이건 일종의 위험 신호랍니다

빌딩에 걸려 있는 태양
새들이 구름을 모두 먹어 치운 하늘
자기 자신을 후드득 떨어뜨리는 은행나무

바람이 치마를 만날 때마다 불안이

풍선처럼 부풀어 올라요

횡단보도의 검고 하얀 선마다
줄기가 있고 잎맥이 있고
무늬가 있고……

도로는 밀림입니다

숲을 헤치며 달려온 맹수가
나를 빠르게 덮쳤는데

아아—
나는 아무래도 옮겨지려나 봐요
누군가 사거리에서 나를 뽑아 버렸어요

불만 체육 대회

아파트 게시판에 글이 올라왔다

102동 나나

놀이터 좀 없애 주세요

시끄러워서 못 살겠어요

층간 소음이 심각한 문제인 거 아시죠?

윗집을 없앨 수는 없으니

실현 가능한 것부터 고쳐 보자구요

205동 슈퍼소닉

길거리에 노인들 좀 없애 주세요

빨간불로 바뀌었는데도

다 건너지 못해서 답답합니다

솔직히 도시 미관상 좋지도 않구요

108동 영수아빠

해로운 것을 부를 때 충을 붙이는 게 유행이라더군요

밤낮없이 쿵쿵거리는 쿵쿵충, 월급은 쥐꼬리만큼 주

면서 잔소리는 많은 상사충, 담배 냄새 때문에 미치겠
어요 담배충, 14층인데 엘베가 고장이라 걸어 올라오
시겠어요? 갑질충, 중성화가 답입니다 고양이충

202동 초보엄마
좀 전에 게시 글 올리신 분 보세요
도배충은 못 들어 보셨나 봐요?

106동 중학생
근처 중학교에 다니는 학생입니다
체육 대회로 인해 소음이 발생할 수 있습니다
간절한 마음으로 부탁드립니다
하루만 참아 주시면 저희가 즐겁겠습니다

아파트 사람들은 불만 끄고 잠이 들었다

내일은 체육 대회 날이다

조금 솔직하게 말해 보자면 청소년이 아닌 채로 산 적이 없는 것 같다. 열여섯 살로부터 한두 발짝 걸어왔을 뿐인데 어른이 되어 버렸다. 뒷걸음질 친다 해도 되돌아갈 수 없는 것만이 시간의 신비다.

박준

눈
처음 사랑
동네 사람

2008년 『실천문학』 신인상을 받으며 작품 활동을 시작했다. 시집 『당신의 이름을 지어다가 며칠은 먹었다』, 『우리가 함께 장마를 볼 수도 있겠습니다』 등을 썼다.

눈

연안에 내리는 눈들은 좋겠다
내리자마자 바다가 되니까

마을에 내리는 눈들은 좋겠다
내리자마자 사람이 되니까

골짝에 내리는 눈들은 좋겠다
산그늘을 덮고 봄을 볼 수 있으니까

처음 사랑

　오늘 만난 이들은 저마다 사랑 이야기를 꺼냈습니다. 어떤 이는 열세 해 만에, 또 어떤 이는 스물아홉 해 만에 내가 아닌 다른 사람을 사랑하는 법을 처음 알게 되었다고 했습니다. 저의 경우에는 스물한 해였습니다. 다행스러운 사실이 있다면 시작이 이르든 늦든 관계없이 한번 알게 된 뒤부터 우리는 어느 순간도 잊고 사는 법이 없다는 것입니다.

동네 사람

골목에서 마주친 길고양이가 나를 멀리 피해 가지 않는 일, 막 구운 식빵이 나오는 빵집의 시간표를 알고 있는 일, 길 건너 커피를 사러 가다 오늘이 무슨 요일인지 새삼 떠올리고는 중간에 발길을 돌리는 일, 우리가 이렇게 자주 만나서는 안 된다는 말을 의사 선생님으로부터 듣는 일, 한참을 서성거리며 머물러도 눈치 보이지 않는 책방을 찾는 일, 책방 서가와 내 방 책꽂이가 어느새 비슷하게 펼쳐지는 일, 좁은 길을 우르르 달려가는 한 무리의 아이들, 그 아이들의 이름은 몰라도 별명만큼은 알고 있는 일, 매번 무리 끝에서 달리는 아이와 눈인사를 하는 일, "늘 똑같이 살 필요가 뭐 있어? 어떤 모습이든 내 모습인데. 이번에는 짧게 좀 가 보자." 하고 미용실 주인이 나보다 먼저 내 머리 모양을 지켜워하는 일, 고개를 끄덕이며 그 말을 듣는 일, 저녁 어스름에 다시 만난 길고양이가 내 바짓단을 쓱 한번 훑고 지나 주는 일, 산책길이 익숙해지는 일, 자주 이 길을 걷던 흰 개와 늘 그 뒤를 천천히 따르던 어르신이 며칠째 보이지 않는 일, 한밤 잠에서 깨어 물을 마시

다가도 문득 걱정스러운 마음 탓에 잠들지 못하는 일.

머뭇거림은 어쩌면 내가 가장 먼저 배우고 익힌 감각일 것이다. 실제로 나는 어려서부터 "너는 왜 말을 못 하니?"라는 소리를 자주 듣고 살았다. 누군가에게 하고 싶은 말을 삼키는 경우가 많았던 탓이다. 자연스레 시선은 상대방의 눈이 아닌 바닥으로 향해야 했다. 하지만 할 말이 없었던 것은 아니었다. 떠오르는 숱한 말들 가운데 무엇을 골라내야 할지 몰랐을 뿐. 나는 어쩌면 그때부터 입 밖으로 꺼내지 못한 말들과 사이좋게 지내는 법을 알게 되었는지도 모른다.

김소형

괴담
쉿, 비밀인데
쌀떡과 밀떡의 기분

2010년 『작가세계』 신인상을 받으며 작품 활동을 시작했
다. 시집 『ㅅㅜㅍ』, 『좋은 곳에 갈 거예요』 등을 썼다.

괴담

오래전 교실에 사람이 갇혔다고 한다

나는 가만히 소리를 듣는다

학교에서 소리가 들리는 건 자연스러운 일

하지만 숨어 있을 타인에게 귀 기울인다는 건 부자
연스러운 일처럼 느껴진다

자꾸 딴생각이 난다

걔 좀 이상해요

새벽에 교실 문을 두드리는 취미가 있다는

선배의 이야기가 떠오른다

열리고 싶은 충동을 참는 무언가 있다

무분별한 상상의 범죄가 반복된다

뭔가가 생겨날 것 같아

견딜 수 없어

책상을 내리치자 살며시 솟는 얼굴들

다 내가 알고 있는 친구들

쉿, 비밀인데

잊은 음악을 듣는다
언제 잊었는지 모를 음악

유난히 머리가 가볍다 생각했더니
거리의 풍경이 텅 비어 있었다

여름의 과실이 굴러간다
어차피 다음 계절까지는 못 버텼을 살구들

진득하게 물러 버린 달콤함이
굴러간다

사라지고 치이고
조금씩 드러나는 불온한 감정들

아이들이 듣는 소리를
어른들은 못 듣는다 한다

죽은 신경 세포와 좁아진 가청 주파수

아무도 생각하지 않는
표정이다

너의 이마에 난 여드름 자리가 바뀌는 계절

우리는 달팽이일지
분리된 패각일지
쉽게 깨지거나 손상되며

어제와 같은 말을 한다

저 구름 좀 봐
내게 남은 영원한 상처 같아

잊어도 드러나는 구름

언젠가 너도 어른이 되면 알게 될 거다
부모가 되면 알게 될 거다

누구나 겪는 일이기에
슬픔이 아니라고 했다

모두가 만든 도구가
학생을 만들어 간다

가방에는 물이 줄줄 새고
어떤 건 아무리 닫아도 쉽게 열린 뚜껑 같고

쭈그러진 젖은 노트가
길거리에 펼쳐져 있다

언젠가 알지 모른다

어떤 소리를 들었는지

그러나 아무도 증명할 수 없으므로

음과 음 사이 솟은 돌멩이를
툭툭 차며

학교에 간다

속수무책
너를 믿고 싶은 풍경이 펼쳐진다

쌀떡과 밀떡의 기분

유언장에 제 이름 적어 주세요

선생님의 당황한 표정을 보는 게 좋다

꿈이 사제라는 말에 사자가 되고 싶다고?
묻는 어른의 표정을 보는 건 웃기고
의자가 되고 싶다는 말에 의사가 되고 싶다고?
말하는 건 더 웃기고
이렇게 웃긴 일투성이인데
내가 행복하면 다 좋은 일

행복이라는 단어를 꺼내면 주변은 감동받는 표정을
짓는다

교탁에 사뿐히 올라간 천사 되어
그 표정, 내가 허락한 줄 모르고

엄마가 전화 받을 때

말 걸면

원하는 걸 이루기 쉽고

산타를 믿는 척하는 내게

크리스마스 선물은 알아서 포장하라 그러고

어떤 유혹에 시달리는지 모르면서

왜 일을 더 크게 만드는지 알 수 없어

언제는 거짓

언제는 진실

알았으면 이미 어른이었겠죠

입맛을 다신 누군가

사춘기를 선고하는 날들

아! 정말이지 궁금한데

왜 그런 표정을 짓는 거예요?

저는 친구랑 진지한 대화 중이에요

떡볶이는 쌀떡인지 밀떡인지가 중요하다고요

이런 제게 뭘 가르쳐 줄 건가요?

"신년에는 파티를 해요."

나는 학생들과 잘 헤어진다. 사교육 시장에서 우리의 헤어짐은 암암리에 진행된다. 내가 언제 퇴사하는지, 너희가 언제 그만두는지, 우리는 이별 당일이 되어서야 알게 된다. 새해에는 만날 수 없다는 사실을 알고 있는 사람들처럼 너희는 미래의 일들을 야무지게 던진다. 어떤 비밀처럼.

너희는 묻는다. 왜 거짓말을 하면 안 되는지. 너희는 묻는다. 왜 거짓말을 하라고 권하는지. 내가 청소년이라면 어떤 말을 하고 싶을까? 어떤 말을 듣고 싶을까? 나는 너희가 했던 말들을 담는다. 이것도 시가 될 수 있어요? 그럼, 될 수 있지. 너희의 말을 듣는 사람이 있다면 언제든지 가능한 일. 미래의 우리가 사라져도 가능한 일.

임경섭

아무도 없는 숲속에서
모두가 있는 운동장에서
우리만 있는 숲속에서

2008년 중앙신인문학상을 받으며 작품 활동을 시작했다.
시집 『죄책감』, 『우리는 살지도 않고 죽지도 않는다』 등을
썼다.

아무도 없는 숲속에서

가지를 꺾자
날아오르는 새가 있었다

성아가 가지를 꺾자
푸드덕 날아오르는 새가 있었다

성아가 나무의 가지를 꺾자
잎을 떨구며 푸드덕 날아오르는 새가 있었다

성아가 올곧게 선 나무의 가지를 꺾자
잎을 떨구며 허공으로 푸드덕 날아오르는 새가 있
었다

성아가 올곧게 선 굴참나무의 가지를 꺾자
저보다 큰 잎을 떨구며 허공으로 푸드덕 날아오르는
새가 있었다

성아가 우듬지의 높은 그림자들 사이로 언뜻언뜻 투

명한 볕을 받으며 올곧게 선 어린 굴참나무의 가지를 꺾자

　제 몸보다 커다란 잎을 고목의 뿌리로 굴곡진 숲의 바닥으로 떨구며 끝도 보이지 않는 허공으로 소리를 지르면서 푸드덕 날아오르는 유리딱새가 있었다

　숲속에는 성아가 있었고 유리딱새가 있었고
　어린 굴참나무가 있었고 어린 굴참나무 옆으로 거대한 나무들과
　거대한 나무들의 우듬지가 있었고
　천천히 움직이는 우듬지의 그림자들이 있었지만
　등굣길에 분주한 성아의 친구들은
　그것들을 볼 수 없었다

　볼 수 없는 곳에는 아무도 없었다

모두가 있는 운동장에서

영하는 운동장을 내려다보고 있다
영하는 같은 반 모두가 몰려 나간 운동장을
점심시간 한가운데에 서서 내려다보고 있다
축구를 좋아하지 않는 옆 반 아이 몇몇이
섬섬히 지나가곤 하는 3층의 복도는 고요하다

운동장의 아이들은 짧기만 한 점심시간을 어떻게든
옹골차게 보내겠다는 일념으로
공을 쫓아 이리로 저리로 쉬지 않고 뛰어다니고 있다
쉬지 않고 뛰어다니는 아이들의 발재간은 여간 화려
한 것이 아니다

후방에서 종패스를 찔러 주는 노란 발
패스를 따라 전력 질주 하는 분홍 발
질주를 가로막기 위해 함께 질주하는 하얀 발
크로스를 걸어 내는 검은 발
높이 솟은 공을 쫓아 우르르 몰려가는
파란 발 주황 발 빨간 발

영하는 같은 반 모두가 몰려다니는 운동장을

고요한 3층 복도 한복판 창틀에 기대어 내려다보고
있다

창틀에 기댄 영하는 친구들을 내려다보며

발 앞에 놓인 벽을 툭툭 차고 있다

엄마가 사 준 시장표 운동화를 신고 영하는

앞을 가로막은 두툼한 벽을 자기도 모르게

툭툭 차고 있다

우리만 있는 숲속에서

장마도 끝이 나고 방학은 막바지, 밀린 숙제를 끝내기 위해 우리는 삼삼오오 상준이네 집으로 모여들었지 에어컨은커녕 하나뿐인 선풍기마저 고장 나 버린 상준이네 집은 바깥보다 더웠지 상준이는 41번 버스를 타자 했네 41번 버스를 타고 구룡사로 가자 했네 우리는 숙제를 시원하게 미루고 지갑 속 회수권부터 찾았지 꼬깃꼬깃한 회수권을 꺼내 없는 친구에게 뀌어 주기도 하면서

41번 종점에서 내린 우리는 너나없이 서로의 옆구리를 톡톡 간질이면서, 앞서가는 녀석의 발을 걸었다가는 괴성을 지르며 도망가다가 붙잡히면서, 붙잡혀 드잡이를 하다가는 언제 그랬냐는 듯 둘씩 셋씩 어깨를 맞잡고 깡충깡충 발 맞춰 뛰어가다가 하면서 금세 구룡사 초입에 다다랐지 애초부터 우리의 목적지는 구룡사가 아니었네 구룡사 옆으로 흐르는 계곡물 움푹 파인 웅덩이, 거기가 바로 우리의 아지트

장마가 지나간 웅덩이는 장마가 오기 전보다 훨씬 더 깊었네 너무 맑아 바닥의 조약돌까지 훤히 들여다보이는 그곳은 한두 길은 족히 돼 보였지 우리 중 수영을 할 줄 아는 놈은 하나도 없었으나 이미 마른 바위 위에 옷가지를 벗어 던지고 모두가 속옷 차림으로 서 있었지 얼굴에 웃음기가 사라진 지 오래, 나뭇잎 사이로 희미하게 볕이 드나드는 바위 위에 속옷 바람으로 서서 우리는 무용담을 늘어놓고 있었지 누구는 배영까지 배웠다는 둥 누구는 사촌 형이 수영 선수라는 둥 누구는 어릴 적 별명이 단구동 물방개라는 둥 물에는 들어가지 않고 물 밖에 서서 별 시답잖은 자랑들을 하고 있었지

　그때였네 단구동 물방개 상준이가 물속으로 뛰어들었지 상준이의 말을 믿었던 나는 뛰어들자마자 깊은 웅덩이 한가운데서 허우적거리는 상준이를 바라보며 아주 짧게 배신감을 느끼기도 했네 상준이는 두 팔로 첨벙첨벙 물장구를 치며 살려 달라 외치기까지 했지 멍하니 서로를 쳐다보다가 우리는 너나없이 뒤도 돌아보지

않고 물속으로 뛰어들었지 뛰어들어도 할 수 있는 건
상준이와 함께 허우적거리는 일밖에는 없었네

　계곡물이 흐르는 방향으로 완만한 경사가 놓여 있었
지 허우적거리던 발밑으로 이내 바닥이 느껴지기 시작
했네 우리는 언제 그랬냐는 듯이 둘씩 셋씩 어깨를 맞
잡고 시시덕거리며 물장구를 치기 시작했지 우리는 깊
은 웅덩이와 얕은 개울의 경계에 앉아 숲이 떠내려가도
록 힘차게 물장구를 치기 시작했지 우리가 물장구치는
힘으로 여름은 가을 쪽으로 아주 조금 움직이고 있었네

초등학생 때의 나, 중학생 때의 나, 고등학생 때의 나. 각
학년마다, 각 학기마다, 그리고 각각의 계절마다, 심지어는
어떤 날들의 아침과 저녁마다……. 지금 돌아다보면 전혀 다
른 내가 거기마다 서 있다. 그때그때의 내가, 너무나 많은 내
가 모여 지금의 나로 살아가고 있다. 지금의 나 역시 미래의
내 일부분일 테다. 하지만 그때는 온전한 내가, 하나뿐인 내
가 그토록 먼 길을 지치도록 홀로 걸어가고 있다고 믿었다.
틀렸다. 길은 멀지도 않고, 온전한 나 역시 없다. '나'는 인생
이라는 짧은 길을 가는 동안 내가 만들어 가는 '과정'일 뿐이
다. 그 과정 위에 서 있는 이들과 이 시를 나누고 싶다.

도넛을 나누는 기분

초판 1쇄 발행 • 2025년 2월 28일

초판 4쇄 발행 • 2025년 6월 11일

지은이 • 김소형 김현 민구 박소란 박준 서윤후 성다영 신미나 양안다 유계영
　　　　유병록 유희경 임경섭 임지은 전욱진 조온윤 최지은 최현우 한여진 황인찬
펴낸이 • 황혜숙
기획 • 안미옥 오연경 정인탁
편집 • 한아름 박문수
펴낸곳 • (주)창비교육
등록 • 2014년 6월 20일 제2014-000183호
주소 • 04004 서울특별시 마포구 월드컵로12길 7
전화 • 1833-7247
팩스 • 영업 070-4838-4938 / 편집 02-6949-0953
홈페이지 • www.changbiedu.com
전자우편 • contents@changbi.com

ISBN 979-11-6570-326-4 03810